魔法的秘密

新雅文化事業有限公司
www.sunya.com.hk

今天是蘇菲亞第一次在皇家學院上魔法課，她感到十分興奮。

蘇菲亞一邊坐下，一邊對身旁的詹姆士說：「我很想馬上就可以施展魔法啊！」

翡翠仙子是魔法課的老師，她正教導孩子們把石頭
變成鑽石的魔法。

翡翠仙子説：「今天大家學習一種新的魔法，周末將
會有一次考試。大家要好好練習啊！」

　　蘇菲亞很認真地學習。她揮動着魔法棒，唸着咒語，可是石頭卻變成了蘋果！

　　蘇菲亞望望四周，發現其他人都能成功變出魔法。

　　安柏公主一揮動魔法棒，石頭便立刻變成了鑽石了。

　　蘇菲亞心想：「糟了！這個周末的考試，我能應付得來嗎？」

4

放學後，蘇菲亞與幸運草一起練習。這次，她把石頭變成了番茄！

　　幸運草拿起番茄，「我覺得變成這個更好呢！」說着他咬了一大口。

　　「但這是個把石頭變成鑽石的魔法啊！」蘇菲亞垂頭喪氣地說。

　　「如果你想練習魔法，何不去請教皇家魔法師賽克呢？」幸運草提議說。

　　對啊！皇家魔法師賽克可以幫助蘇菲亞。

魔法師賽克看見蘇菲亞站在自己門前，不禁嚇了一跳。他被蘇菲亞脖子上的護身符吸引着。

「你的護身符真漂亮啊！我是説，你……」賽克想了想，邀請蘇菲亞進去他的工作室。

　　蘇菲亞走進賽克的工作室，那兒亂糟糟的，當下有了主意。

　　「如果我幫你打掃這裏，你可以教我魔法嗎？」蘇菲亞問道。

　　賽克想到如果蘇菲亞每天都來工作室打掃，便有機會偷走她的護身符了。所以賽克答應了蘇菲亞的請求。

蘇菲亞離開後，賽克便對烏鴉蟲木說：「我要調製出一種可以讓我隱身的魔法藥水，然後趁機偷走蘇菲亞的護身符，統治整個王國！那個時候，我就是賽克國王一世了！」賽克帶點飄飄然地說。

第二天清早，蘇菲亞來到賽克的工作室。她拿起掃帚賣力地打掃起來。而賽克則在一邊調製隱形藥水，可是，沒有一次成功。

賽克從魔法師父親那裏學到了一些魔法要訣，他把要訣教給蘇菲亞。「在變魔法的時候，一定要慢慢來，不要急。」

蘇菲亞聽了，慢慢地舉起魔法棒，慢慢地唸出咒語。

成功了！蘇菲亞這次終於把石頭變成了鑽石。

「我成功了！」蘇菲亞歡呼起來，「賽克，你真是一位好老師。」賽克的臉一下子紅了起來。他從未得到過別人的讚賞。就在這時，貝利域走了進來，對賽克說：「國王現在要見你。」

羅倫國王告訴賽克，馬格納斯國王要來拜訪。

「他最喜歡炫耀自己，我們也得想個法子。」羅倫國
王說。

「你能將這個雕像，變成一隻金色的駿馬
嗎？」羅倫國王問賽克。

賽克揮一揮魔法棒，雕像沒有變成金色的駿馬，卻變
成了一隻飛馬。更糟糕的是，這隻飛馬飛走了，再沒有回
來。羅倫國王搖搖頭說：「不是每個魔法師都像你父親一
樣能幹。」

賽克感到很沮喪。

「不要灰心，賽克。」蘇菲亞說。賽克無奈地聳聳肩。
他對蘇菲亞說，他的父親是這個國家最偉大的魔法師。「他
拯救了羅倫國王九次呢！但是我沒法做得到。」賽克說。

就在這時，一瓶魔法藥水從書架上掉了下來，正好落在蘇菲亞身上。蘇菲亞變成了一隻紫色的蜥蜴！

賽克立即揮動魔法棒，大叫道：「蜥蜴變！」

然後，「噗！」的一聲，蘇菲亞變回了原貌。

「謝謝你救了我。」蘇菲亞感激地說。

蘇菲亞一臉崇拜地看着賽克說：「你的魔法真好啊！
為什麼剛才你不能把雕像變成金色的駿馬呢？」
　　賽克說：「因為國王在我身邊，我感到很緊張。」

「我要讓爸爸知道你是個出色的魔法師！」蘇菲亞對賽克說。

　　「你為什麼要這樣做呢？」賽克疑惑地說。

　　蘇菲亞笑着回答：「因為你是我的朋友。」

晚宴上，馬格納斯國王滔滔不絕地炫耀着自己的國家和魔法師。

「我們也有一位出色的魔法師。」蘇菲亞說，「我們請他出來，表演一下吧！」

羅倫國王和美蘭達王后聽了都有點猶豫，因為畢竟賽克不是什麼出色的魔法師。不過，馬格納斯國王因為聽過賽克父親的大名，便很想一睹他兒子的風采。

蘇菲亞來到賽克的工作室，想為朋友打打氣。

「別擔心，賽克。讓我們互相幫助吧！」蘇菲亞説，「記着，在變魔法時一定要慢慢來，不要急。」

於是，賽克開始
準備他的魔法表演。

而蘇菲亞則開始準備
即將到來的魔法考試。
　不過，翡翠仙子教的
新魔法，蘇菲亞還是不太
熟練。

過了一會兒，蘇菲亞開始為賽克打掃工作室。她想把一本魔法書上的污漬清除。這讓她發現了賽克的隱形藥水失敗的原因。原來，書上的污漬正好遮住了調製隱形藥水所需的兩種材料的名稱。

　　蘇菲亞立即告訴賽克。賽克聽了幾乎不敢相信。蘇菲亞離開後，賽克把欠缺的兩種材料放進一個沸騰的大鍋裏。
　　「我終於調製出隱形藥水了！」這次賽克成功了，他忍不住高呼起來。

就在這時，賽克發現桌子上有一個用鑽石砌成的心。這是蘇菲亞送給賽克的。

「她為我做了這個心？」賽克很感動，以前從來沒有人為他做過這樣的事。

到了魔法考試的日子，翡翠仙子給每人派發一塊石頭、一個青檸和一隻舊鞋子。

「你們要用這三種物件和那個咒語，做出你們上星期學到的魔法。」翡翠仙子説。

蘇菲亞深深地吸了一口氣，回想起賽克教她的要訣：「慢慢來，不要急。」

終於，蘇菲亞把石頭變成了紅寶石；把青檸變成了綠寶石；把舊鞋子變成了玻璃鞋。「成功了！成功了！」蘇菲亞興奮地說。

翡翠仙子在蘇菲亞的成績表上畫了一個大大的、金色的星星。蘇菲亞通過了魔法考試，她急不及待地跑回皇宮，拿給國王和王后看。

在賽克的工作室裏，賽克也正在為他的魔法表演做準備。

「當我變最後一個魔法時，我會把隱形藥水灑在自己身上，然後趁機偷走蘇菲亞的護身符，統治整個王國。」賽克對烏鴉蟲木說。

　　賽克的魔法表演開始了，他的第一個魔法是讓幸運草
飛起來。沒想到，他卻讓幸運草蹦蹦跳個不停！

　　蘇菲亞暗地裏為賽克擔心。她想：「如果讓賽克變一
個他擅長的魔法，那麼他一定會成功！」

蘇菲亞有了主意，她偷偷地從賽克的工作室裏拿了蜥蜴藥水，灑在自己身上。蘇菲亞剛走出工作室，便碰見了詹姆士。詹姆士驚呼起來，說：「快來看看，這裏有一隻蜥蜴啊！」

賽克見狀立即大聲唸出咒語：「蜥蜴變！」
　「噗！」的一聲，蘇菲亞變回了原貌。

羅倫國王很感激賽克，他對賽克說：「賽克，你救了蘇菲亞，謝謝你！」

　　「我救了蘇菲亞？」賽克有點疑惑。當大家為他鼓掌時，他的臉又紅起來了。

　　賽克輕聲地對蘇菲亞說：「你是故意把自己變成蜥蜴的嗎？」

　　蘇菲亞笑着說：「我知道無論你多麼緊張，這個魔法你一定會成功！」

賽克要使出最後一個魔法了，他拿起一瓶隱形藥水。
「這個魔法我準備了很多年，是時候了！」賽克邊說邊揮
動他的魔法棒。

就在這時，他看到蘇菲亞的小臉蛋，猶豫了一會。

然後，他放下了魔法棒，把隱形藥水灑在幸運草身上。

「那隻兔子不見了！不見了！」馬格納斯國王不相信自己的眼睛，他非常吃驚。

馬格納斯國王對羅倫國王說：「賽克真是位出色的魔法師啊！」

在場的人都對賽克報以熱烈的掌聲。

賽克回到工作室，蘇菲亞送給他一顆大大的、金色的星星。

　　「我很高興能成為你的學生，賽克。」蘇菲亞說，「晚安了，賽克。」

　　當蘇菲亞離開後，賽克轉身對蟲木說：「本來我們明天便可以統治整個國家呢……不過現在我擁有了更重要的東西。」

小綠人的
快樂時光

一天，蘇菲亞、安柏和詹姆士在草地上放風箏。

「看吧！」詹姆士一邊說，一邊拉動手中的線。他的風箏在空中翻了幾圈。

蘇菲亞也想學學詹姆士這個小把戲。可是她忘了要
注意腳下，一不小心，被一塊石頭絆倒了。她的風箏脫
了線，隨風飄呀飄，然後掉到山崖下。

蘇菲亞想去找回風箏，但是安柏勸她不要去。安柏説：
「城裏的小綠人就住在下面，他們全身綠色，樣子很嚇人，
大家都是這麼説的。」

　　「沒問題的，蘇菲亞，」詹姆士説，「聽説小綠人在
白天是不會出來的。」

蘇菲亞獨自來到山崖下，四處張望，最後發現了她的風箏。「看，我的風箏啊！」蘇菲亞一邊説一邊拾起風箏。「真可惜，它被弄破了。」

　　這時候，蘇菲亞聽到從洞穴裏傳來了聲音。她好奇地從洞穴的石縫窺探，發現裏面也有一個人正在看着她。蘇菲亞一時被嚇得不知所措，連忙逃跑，忘記了拿上她的風箏。

當天晚上，蘇菲亞很想知道多些關於小綠人的事情，便去找詹姆士。

　　詹姆士告訴她：「很久以前，我們的曾祖父吉迪恩國王，在一個晚上聽到城堡外傳來了砰砰的聲音，出去查看時，發現庭院裏有一羣全身綠色，眼睛發光的小怪物，他們正在用棍棒敲敲打打。」

「吉迪恩國王叫來了守衛，趕走了那羣小綠人。從那時起，我們國家便定下了一條規則：小綠人只能待在城堡下面的洞穴裏，不得出來。」詹姆士説。

第二天早上，蘇菲亞一覺醒來，聽見有人輕敲着窗。她打開窗子一看，只見到她的風箏。

　　「它是怎樣回來的？」小鳥羅賓問。

　　「我不知道，」蘇菲亞說，「昨天我把它留在小綠人的洞穴前，一定是小綠人把它送回來的！」蘇菲亞再看了看，發現風箏上破損的地方已經修補好了。

　　「我要謝謝小綠人！」說着，蘇菲亞趕緊跳下牀，準備出去了。

蘇菲亞來到了洞穴入口。

「小綠人先生，你在嗎？」蘇菲亞喊着説，「請你出來吧！」

蘇菲亞走進洞裏，沿着一條搖搖晃晃的木橋往前走。

突然，一隻綠色的手伸出來，輕輕地把蘇菲亞拉回去。

「小心啊！橋上有些木板已經鬆脱了。」小綠人説。

蘇菲亞轉身望過去，微笑着説：「你就是我昨天見到的那個小綠人嗎？」蘇菲亞跟小綠人握着手，説：「你好，我叫蘇菲亞。」

「我叫納利。」小綠人説，「很高興認識你，你收到風箏了嗎？」

「果然是你還給我的。」蘇菲亞説。

納利帶着蘇菲亞參觀地下洞穴。

「哇！這裏很漂亮！」蘇菲亞說，「那些水晶看起來就像星星！」

「這就是我們把水晶放在洞穴裏的原因。」納利說。

「水晶能讓我們想起星星。」一個可愛的小綠人蒂妮說。

「太陽光對我們來說太耀眼了，而星光則剛剛好，」納利解釋說，「我們喜歡看星星一閃一閃，亮晶晶的樣子。」

「我也是，」蘇菲亞說，「但為什麼你們要在這裏看假的星星，不出去看真的星星呢？」

「我們不能出去。」蒂妮回答說。

於是，納利跟蘇菲亞講述當年城堡裏發生的那件事情。
原來當年小綠人正快樂地欣賞星星時，國王的守衛突然跑
過來把他們趕走。不知是什麼原因，從此以後，小綠人再
也不能踏出這個洞穴了。

「那是因為當時你們在用棍棒敲敲打打。」蘇菲亞說。

「我們每次高興的時候就會敲棍棒。」納利解釋說。

為了讓蘇菲亞明白，小綠人馬上用棍棒敲擊，演奏一段樂曲。

「這是我們的音樂呢！」蒂妮補充說。

蘇菲亞明白了。於是，她匆忙趕回城堡，告訴詹姆士關於小綠人的故事。原來大家一直都誤會了。

　　「詹姆士，請幫助我吧！我要讓大家明白小綠人並不可怕。」蘇菲亞説。

　　「好的。」詹姆士答應了。

　　蘇菲亞和詹姆士知道，那天晚上將會有雜技團來王宮
表演，蘇菲亞想到了一個辦法——讓小綠人在表演結束後
也來展示他們的音樂。「那樣大家就知道是什麼的一回事
了。」蘇菲亞説。

到了晚上，蘇菲亞和詹姆士偷偷將小綠人帶進城堡。
「要把他們藏在哪兒好呢？」詹姆士苦惱着說。
「那裏！」蘇菲亞指着長長的布簾說。

　　等到晚飯後，雜技團的表演結束了。蘇菲亞突然說：
「今天晚上，還有一個驚喜送給大家！」
　　詹姆士拉開布簾，露出藏在後面的小綠人。他們拿着
棍棒敲敲打打，演奏起屬於他們的音樂。

羅倫國王大吃一驚，小綠人怎麼跑到城堡裏來了？他立即命令守衛把小綠人抓起來！

　　「不！等一下！」蘇菲亞緊張地叫道，「別抓他們，他們只是在演奏音樂，你們來聽一聽吧！」

可是，沒有人聽得進蘇菲亞的話。守衛緊追着小綠人。納利、蒂妮和其他小綠人都被嚇得四散，紛紛逃出了城堡。

「那些小綠人是怎樣進來的？」羅倫國王非常生氣地質問。蘇菲亞承認是她把小綠人帶進來的。

後來，蘇菲亞無意中聽到一個消息：明天早上，國王將派守衛去守住小綠人的洞穴，讓他們永遠不能踏出洞口半步。

蘇菲亞感到非常難過，她想去跟小綠人道歉。於是，蘇菲亞偷偷溜了出去，她穿過草叢，來到城堡前的草地，卻不知道自己已被人發現了行蹤。

蘇菲亞來到小綠人的洞穴，她想去找納利。

「蘇菲亞！」一把熟悉的聲音叫住她。

「爸爸？」蘇菲亞説。

「你在做什麼？」國王問，「你不可以到這裏來，我們必須要回去！」羅倫國王覺得有小綠人的地方，就是危險的地方。

就在這時，「啪！」的一聲，橋上的一塊木板斷了！
「啊⋯⋯」蘇菲亞和羅倫國王一起掉到洞穴下。
　　幸好，他們沒有受傷。蘇菲亞趁機向羅倫國王解釋，小綠人其實很喜歡仰望星星，還有他們敲打着棍棒是想通過音樂去表達內心的喜悅。

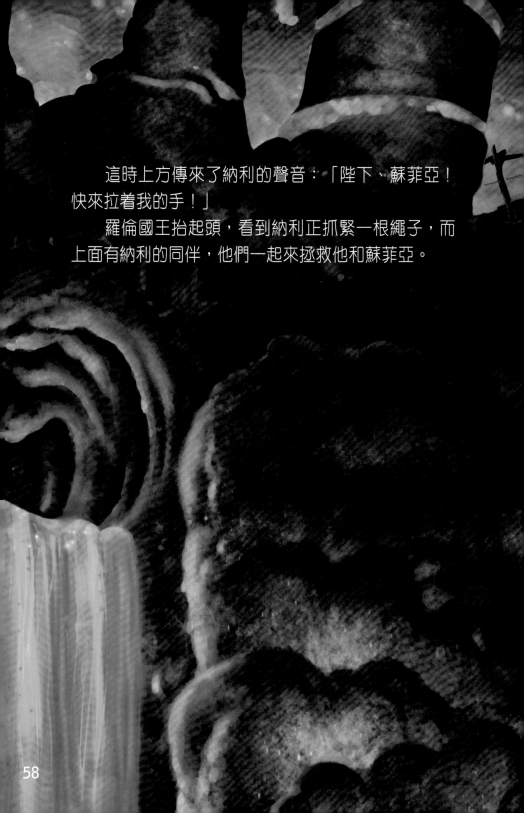

　　這時上方傳來了納利的聲音：「陛下、蘇菲亞！
快來拉着我的手！」
　　羅倫國王抬起頭，看到納利正抓緊一根繩子，而
上面有納利的同伴，他們一起來拯救他和蘇菲亞。

　　羅倫國王和蘇菲亞回到安全的地方。羅倫對小綠人說：「這麼多年，我們一直認為小綠人是很危險的。然而今天，你們卻冒着生命危險來救我們。你們所表現出的勇氣，跟國家的騎士們不相上下。在此，我衷心感謝你們，並希望你們能接受我真誠的道歉。今後我將盡一切所能對你們作出補償。」

第二天，羅倫請小綠人來到城堡的皇家瞭望台。他命人升起屋頂，露出壯麗無邊的星海。

「星星啊！」納利驚歎着説。
國王這時宣布，小綠人隨時都可以來這裏看星星。

「你讓我們再次看到了星星，謝謝你蘇菲亞。」納利說着，給了蘇菲亞一個擁抱。

接下來，小綠人還有一件很重要的事情要做呢！那就是拿起棍棒，敲出快樂的樂曲！